사랑꽃

사랑꽃

발행일 2020년 11월 17일

지은이 다길람
펴낸이 손형국
펴낸곳 (주)북랩
편집인 선일영　　편집 정두철, 윤성아, 최승헌, 이예지, 최예원
디자인 이현수, 한수희, 김민하, 김윤주, 허지혜　　제작 박기성, 황동현, 구성우, 권태련
마케팅 김회란, 박진관, 장은별
출판등록 2004. 12. 1(제2012-000051호)
주소 서울특별시 금천구 가산디지털 1로 168, 우림라이온스밸리 B동 B113~114호, C동 B101호
홈페이지 www.book.co.kr
전화번호 (02)2026-5777　　팩스 (02)2026-5747

ISBN 979-11-6539-474-5 03810 (종이책)　　979-11-6539-475-2 05810 (전자책)

이 도서의 국립중앙도서관 출판예정도서목록(CIP)은 서지정보유통지원시스템 홈페이지(http://seoji.nl.go.kr)와 국가자료공동목록시스템(http://www.nl.go.kr/kolisnet)에서 이용하실 수 있습니다.
(CIP제어번호: CIP2020047557)

다길람 시집

사랑꽃

북랩 book Lab

열면서

나무에서 꽃이 피듯
몸에서도 꽃이 핀다

나무 꽃들이 아름답듯이
몸 꽃들도 아름답다

꽃을 책갈피에
모으듯이

내 몸에 꽃이 필 때마다
시를 썼다

그 빛과 향기를
오래도록 간직하고 싶었다

몸 꽃의 다른 이름은
사랑이다

내 몸에선
오늘도 꽃이 핀다

어제도 그러했고
내일도 그러할 것이다.

차례

제 2 부

여 름

제 3 부
가 을

제 4 부
겨 울

제
1
부

봄

손지갑

내 몸 예쁘게 접어
그대 손에 지갑 되었으면

가슴 깊숙이
그대 비밀 간직하고

늑골 사이사이
그대 꿈으로 채웠으면

등뼈 자리엔 지퍼라도 달아
그대 번거로움 덜어주고

오직 그대 손에만 열리고
닫히는 기쁨에 살고파라

누군가가 그대 물어오면
내 품속 환한 미소 펼쳐 보이겠지

때론 홀로 떨어져 있어도
그대 가득하여 외로운 줄 모르고

매일 그 고운 손길
기다리는 설레임에 살겠네.

그리움 1

바다가 큰가요
산은 잠기지 않네요

산이 큰가요
하늘 아래 있어요

하늘이 큰가요
하늘은 어두우면 볼 수 없어요

어둠이 큰가요
어둠은 아침이면 사라져요

아침이 큰가요
아침은 눈감으면 보이지 않아요

세상에서 가장 큰 건
그리움이에요

그리움은 너무 커서
산에도 바다에도 하늘에도

아침부터 밤까지
어디에나 있어요

그리움은 얼마나 큰지
눈을 감아도 또렷해요.

세상에는 두 개의 진실이 있다. 물리적 진실과 시적 진실.

그리움 2

사랑이 깊으면
병에 걸리지

통증 없이 아프고
슬픔 없이 눈물 나지

괴로움 없이 한숨짓고
죄 없이 가슴 졸이지

두려움 없이 떨리고
근심 없이 잠 못 이루지

하지만 누구나 걸리고 싶어 하는
아름다운 병

하지만 아무나 걸릴 수 없는
고귀한 병.

사랑은 고차원의 예술.

그리움 3

사람들 가슴엔
구멍이 하나씩 있다

그 구멍이 언제 생겼는지
얼마나 큰지는 아무도 모른다

눈에 보이진 않지만
누구나 그 구멍을 느끼며 산다

그래서 사람들은
사랑을 하는지 모른다

하지만 그 구멍을 메울 수 있는
사랑을 찾기란 그리 쉬운 일이 아니다

애써 그 사랑을 찾았더라도
구멍의 굴레에서 벗어날 순 없다

그 구멍을 메우고 나면
또 하나의 구멍이 생기기 때문이다.

그리움 4

차라리 떠나겠다고 말해줘요
이별의 고통 크겠지만
한 번이면 끝나겠죠

차라리 미워졌으면 좋겠어요
미움의 고통 크겠지만
보지 않으면 사그라지겠죠

차라리 잊혀졌으면 좋겠어요
외로움의 고통 크겠지만
세월 속에 묻히겠죠

하지만 보고파도 볼 수 없는
그리움의 고통은
나날이 커져만 가요
하루하루 깊어만 가요.

그리움 5

겨울이면 눈처럼
누군가에게 내리고 싶다

가을이면 낙엽처럼
누군가에게 지고 싶다

내리고 싶을 때
내릴 곳이 있다면

지고 싶을 때
질 곳이 있다면

나도 눈처럼 하얘지겠지
낙엽처럼 가벼워지겠지

눈처럼 누군가의 꿈속에
함북 쏟아져 봤으면

낙엽처럼 누군가의 가슴에
수북이 쌓여 봤으면.

그리움 6

그대가 보고플 땐
밤하늘을 봐요

밤하늘 별들을
보다 잠이 들면

나는 금세
꿈나라에 가지요

볼 수도 만날 수도
없는 당신이지만

그곳에 가면 늘
당신이 있었어요

별을 오래 보고 있으면
그리움이 더해지죠

그리움도 별처럼
맑고 푸른가 봐요

그래서 빛처럼 빠르게
꿈나라로 가는 거겠죠.

그리움 7

사랑하는 사람의 눈동자처럼
영롱한 밤하늘이 있을까요

사랑하는 사람의 목소리처럼
감미로운 선율이 있을까요

사랑하는 사람의 손길처럼
부드러운 속삭임이 있을까요

사랑하는 사람의 속살처럼
눈부신 빛이 있을까요

사랑하는 사람의 가슴처럼
포근한 세상이 있을까요

사랑하는 사람의 이야기처럼
절절한 시가 있을까요

사랑하는 사람의 웃음처럼
커다란 기쁨이 있을까요

사랑하는 사람의 그리움처럼
간절한 기도가 있을까요.

발자국

똑같은
사랑이었으면

내가 그리워하는 만큼
그리워하고

내가 바라보는 만큼
바라봐 주고

내가 다가간 만큼
다가와 주는

적지도 많지도
길지도 짧지도 않은

발자국처럼
똑같은 사랑이었으면.

섬

"그리워"

오늘 섬에서
편지가 왔네

아무 말 없이
단 한 줄로

어쩌면
그대와 난

넓고 푸른 바다에 떠 있는
한 조각 섬

섬이 하고픈 말이
"그리워"
밖에 뭐가 있을까

아무리 그리워도 조금도
다가가지 못하는 섬

파도에 띄워
갈매기에 부쳐

나도 섬에서
편지를 쓰네

"그리워"

편지

밤이 깊었습니다
밤은 모두 같지만
우리는 어제와 오늘로
밤을 나눕니다
오늘 밤은 어제보다 아름다운 꿈이길
희망하는 까닭입니다.

밤이 깊었습니다
당신은 지금쯤 무엇을 할까요
차라리 밤이라도 되고 싶습니다
밤이 되어 당신 창에 살며시 다가가
밤이 새도록 서 있다가 아침이 되면
또 밤이 되기를 기다리는 운명일지라도
나는 당신의 밤이 되고 싶습니다.

밤이 깊었습니다
깊어가는 밤처럼 나도 깊어지고 싶습니다
깊어가는 밤처럼 당신도 깊어지길 소망합니다.
깊어지고 깊어져 서로에게서
헤어나지 못했으면 좋겠습니다.

밤이 깊었습니다
창밖엔 어둠이 다가와 있습니다
창을 열고
어둠이라도 불러들여 긴긴밤 벗하고 싶습니다
어둠은 오래 앉아 있지 못하겠지요
곧 아침이 올 테니까요
하지만 아침이 오면 나도 일어서야 합니다
밤새 쓴 그리움을 우체통에 넣어야 하니까요.

개나리

얼마나 갈망했으면
저리 일찍 피었을까

기다리다 못해
들길까지 내려왔네

발끝에서 머리끝까지
샛노랗게 물이 들었네

그리움의 빛깔을
너에게서 본다

사랑의 몸짓을
너에게서 배운다.

진달래

진달래로 하여
저 산이 살아 있음을 보았듯이

그대로 하여
내가 살아 있음을 느꼈소

내일이면
붉게 물들 저 산처럼

나 또한
그렇게 붉어질 것 같소

오래 머무르지 않아
더욱 눈에 선한
첫사랑 같은 꽃

그대는 내 가슴에
붉게 핀 진달래라오.

목련

너무 환해서
눈 크게 못 뜨고

너무 고와서
차마 손 못 내밀고

너무 높아서
우러러만 보고

너무 향기로워
비틀거리다가

어느새
지나가 버린 사랑.

짝사랑의 아쉬움이여!

군자란

너는
물구나무선 여인

긴 머리 땅에 묻고
다리 뻗어 올리니

다리 사이 다리가 자라
수줍은 꽃송이도 여러 개

향기로운 망울 열고
사랑을 기다리는

너는 한 다발
주홍빛 꿈을 꾸는 여인.

프리지어

황금빛 사랑도
때가 되면 시드는 걸

아무 말 않겠어요
그대 눈엔 아직
내가 가득하니까요

그대는 나의 첫사랑
그리고 마지막 사랑

다시 사랑으로 피진 못해도
그대 앞에 서 있을게요

그대 아프지 않도록
그대 사랑 시들 때까지.

복사꽃

기다림처럼 긴 가지에
네 두 볼이 피어 있다

살짝 고개 숙여
발끝만 내려다보는

너는 볼 때마다
첫 만남처럼 수줍구나

연분홍 빰이 그리워
매년 봄은 오나 보다

너무 다가서지 마라
봄바람아

부끄러워 부끄러워
숨어버릴까 두렵구나.

오월

오월엔
사랑을 해 봐요

아카시아 향기 안개처럼 자욱해
그리움을 더해 주고

나날이 푸르러 가는 잎들처럼
사랑도 무성해질 거예요

꽃샘바람 멎은
오월 저녁은 호수처럼 고요해

우리 입맞춤
장미처럼 선명할 거예요

오월엔 연둣빛
그리움에 물들어 봐요.

라일락

향기도 지나치면 독이 될까
그럼 나는 꽃 속에 죽겠네
방안 가득 라일락 채우고
그 안에 눕겠네

이 진한 사랑의 아픔
너무 아름답기 때문이라며
그대 그리다 눈 감겠네

아침은 오지 않아
고통도 사라지겠지
그래도 다시 태어나면
라일락꽃 같은
당신 사랑하겠네.

사랑은 깊은 만큼 아픈 것.

제2부

여름

사랑 1

지구가 돌아가는 소리를
들을 순 없다
그 소리를 듣는 순간
내 귀는 터져 버리겠지

그대 바라볼 때
벅찬 기쁨을 느낄 순 없다
그 기쁨을 느끼는 순간
내 가슴은 터져 버리겠지

우리가 들을 수 있는 건
지구 표면에서 일어나는
지진이나 화산 폭발 같은
작은 소리들뿐이다

우리가 느낄 수 있는 건
심장 표면에서 일어나는
두근거림과 설레임 같은
작은 느낌들뿐이다.

사랑 2

거울 속엔
수많은 거울이 있다

거울 앞에 또 하나의
거울을 세워 보면 알 수 있다

내 안엔
수많은 내가 있다

내 앞에 또 하나의
나를 세워 보면 알 수 있다

내 앞에서 나를 비추는
또 하나의 나

그 사람을 우리는
사랑이라 부른다.

사랑 3

사랑은
빈 가슴이 만나

서로의 가슴에
서로를 채우는 것

너무 가득 채우려 하면
넘치게 되니

그리움이 표주박처럼
떠 있을 만큼은 비워둘 것

그래야 서로를
떠 마실 수 있을 테니까.

사랑은 소박한 사람들의 전유물.

사랑 4

사랑은
유리창

그대 지나 숲을 보고
하늘을 보네

언제든 열어
숨 크게 쉬고
날개를 펴네

환할 땐 꽃길 되고
어두우면 별빛 되는

그대는 창
나머지는 벽.

사랑 5

어디서부터 홀로였고
어디서부터 함께였나

어디까지가 꿈이고
어디까지가 생시인가

어디서부터 오늘이고
어디서부터 내일인가

어디서부터 시작이고
어디까지가 끝인가

어디서부터 나이고
어디서부터 그대인가

사랑이 흔해 보이지만 진실로 누군가를 사랑한다는 건 참으로 엄숙한 일이다. 경이롭고 신비로운 일이다.

사랑 6

사랑은
외나무다리

오직 한 사람만
지날 수 있는

때론
그 한 사람도 벅차

기우뚱대며
흔들리기도 하지

사랑은
외나무다리

그 아랜
깊이 모를 추락.

사랑은 조심스러운 것. 아름답고 고귀하기에…….

사랑 7

하늘에 별처럼
멀리 있고

지나가는 바람처럼
잡을 수 없고

허공에 거미줄처럼
희미한 꿈이고

소설 속 이야기처럼
그려만 보고

어울리지 않는 옷처럼
접어 두었는데.

사랑 8

사랑은
아침이 되는 것

내가 너를 비추고
네가 나를 비춰

그늘 지우고
어둠 밀어내고

빛 속에 빛 흐르고
빛 속에 빛 맴돌아

따스한 햇살 되고
투명한 이슬 되어

마침내 나팔꽃 같은
아침 한 송이 피워 내는 것.

사랑 9

사랑은 눈감지 않아도
꾸어지는 꿈

함께했던 시간들
꽃으로 만발하고

수많은 그리움들
빛으로 여울져

언제부터 걸었는지
언제 끝날지 모르는

찬란한 꽃길을
한없이 걸어가는 꿈.

사랑 10

눈 뜨면 당신 모습
눈 감아도 당신 모습

뜨다가 감다가
감다가 뜨다가

그렇게 하루가 가면
꿈길에도 그 모습.

아가

사랑일수록
아가로 다가오네

서로가 서로를
그렇게 느끼니

사랑할 땐
두 사람 아가가 되네

사랑할 땐
두 사람 엄마가 되네

두 사람 아가와
두 사람 엄마가 되어

업고 업히네
안고 안기네

재롱을 부리네
자장가를 부르네.

반지

당신의 빈손을
채워주고 싶어요

손 내밀어
나를 반겨봐요

동그랗게
반짝이며 다가갈게요

하지만 조금은
아플 거예요

당신을 꼭
붙잡아야 하니까요

사랑은 묶는 것, 동그랗게.

연 1

때론 보이지 않아도
걱정하지 마세요

당신과 나
하늘과 땅만큼 멀지만

나는 언제나
당신의 손길을 느껴요

당신이 바라보는 그 자리엔
항상 내가 있을 거예요

당신 없이는
나도 없어요.

연 2

당신이 손 내밀면
언제라도 달려갈게요

춤을 추고
노래를 부를게요

꼬리를 휘날리며
어깨를 들썩이며

살이 찢어지고
뼈가 드러날 때까지

당신 앞에서라면
당신 기쁨이라면.

연 3

당신이 있어
바람 속에서도 웃고 있어요

당신에게 닿아 있는
가느다란 줄만으로도

하늘이 다 내 것인데요
세상이 다 내 것인데요

사랑한단 말 없어도 돼요
놓지만 마세요

추락의 아득함을
당신은 모르실 거예요.

사랑은 날개를 갖는 것.

연 4

날고 싶은 만큼 날고
오르고 싶은 만큼 오르렴

새가 되고프면 새가 되고
별이 되고프면 별이 되렴

네가 난 만큼
나도 새가 되지

네가 오른 만큼
나도 별이 되지

새가 되어
바람 속에서 나부끼고

별이 되어
어둠 속에서 나부끼고

이 세상
저 세상에서

새처럼 별처럼
신명 나게 나부껴 보자.

장미

네 얼굴에서
활화산으로 핀

수천 겹
그리움을 본다

암술처럼
긴 목

그 아래 몸은
가시

당신을 안은
내 가슴에도

방울방울
붉은 꽃 핀다.

수국

희고도 푸르게
푸르고도 발그레하게

수줍은 듯 환한 얼굴
소담스레 들어 올려

표정 없는 사람들
바쁜 걸음 오가는 길목

그리움으로 엮어낸 빛
다소곳이 볼에 담아

장맛비 아랑곳없이
하염없이 누굴 기다리나.

해바라기

너무 뜨거워
두려운 사랑이었네

다가가면 갈수록
갈증이 더하는 사랑이었네

사랑할수록
뜨거움은 더해

조금은 멀어져야 한다고
다짐할수록 그립고

그리운 만큼
애타는 사랑이었네

가까이 서면 눈이 부셔
멀리서 볼 수밖에 없는.

첫눈

그대 편지가
첫눈처럼 설레었어

사랑한다는 말이
첫눈처럼 포근했어

볼 때마다
첫눈처럼 반가운 얼굴

헤어지면 또
첫눈처럼 기다려지는 사람

첫눈은 겨울에만 내리고
어느새 녹아 버리지만

그댄 내 가슴에
사계절 내리는 첫눈

영원히 녹지 않는
첫눈이라네.

잠자리

잠자리는
날개 접지 않는다

장대 끝에서 잠자거나
꽃잎에 앉아 쉴 때도

아이들에게 잡혀
망 속에 갇히거나

뾰족한 바늘에 꽂혀
표본이 되거나

가을 찬바람에
낙엽처럼 스러질 때도

한 번 폈던
날개는 결코 접지 않는다.

사랑의 나래여.

수평선

해일이 일고
폭풍이 몰아쳐도
나는 출렁이지 않는다

수많은 배들이
밟고 지나가도
나는 끊어지지 않는다

지구가 팽이처럼 돌고
태양이 온 바다를 펄펄 끓여도
나는 휘어지지 않는다

수억만 년 전부터
다시 수억만 년이 흘러도
나는 영원히 직선이다.

내 사랑은 수평선.

제3부

가을

촛
불

조
금
만
볼래요
언제나
그립게
말예요

조
금
만
뜨거울
래요오
래도록
타게요

빛 1

사랑한다는 건 무언가요
점점 밝아지는 거지

왜 밝아지나요
서로가 서로를 비추기 때문이지

왜 비추나요
빛이기 때문이지

왜 빛이라고 하나요
맑기 때문이지

왜 맑은가요
비었기 때문이지

왜 비어 있나요
사랑하기 때문이지.

빛 2

빛의 다른 말은 뭔가요
마음이지

마음은 누구나 있잖아요
그럼

그럼 우린 본래 빛이었네요
응

그런데 왜 비출 수가 없나요
어둡기 때문이지

왜 어두운가요
사랑하지 않기 때문이지.

빛 3

사랑하지 않으면 어떻게 되나요
점점 어두워지지

어두워지면 어떻게 되나요
떠돌게 되지

왜 떠도나요
보이지 않기 때문이지

언제까지 떠도나요
사랑으로 밝아질 때까지

사랑 외엔 밝아질 수 없나요
응.

십자수

그대에게 꼭 하나
주고픈 게 있어요

깨어나서부터 잠들 때까지
잠들고 나서부터 깨어날 때까지

그대 향한 그리움
한 올 한 올 수놓은

첫줄부터 끝줄까지
첫장부터 맨 뒷장까지

오직 우리만의 사랑
오색으로 아로새긴

십자수 그림 같은
한 권 시집이에요.

은행나무 1

누군가를
바라볼 수 있다면

누군가의 가슴에
담길 수 있다면

사랑한다는 말 없어도
뜨거운 포옹 없어도

나는
천년을 푸르겠네.

은행나무 2

사랑이 기쁜 건
누군가를 바라볼 수 있기 때문

이별이 슬픈 건
바라볼 누군가를 잃었기 때문

어쩌면 사랑은
그리움 속에
피는 꽃이 아닐까

그래서 다가갈수록
시드는 꽃은 아닐까

가까이 갈수록
부서지는 꿈은 아닐까

차라리 바라만 보리
그럼 그리움만 간직하겠지

저만치 가버린 사랑에
꿈 잃고 빛바래 홀로 서진 않겠지.

은행나무 3

보고플 때마다
달려와 주고

그리울 때마다
손잡아 주는

그것만이 사랑이라
말하지 마세요

그리움에 조용히
불러보는 이름 있고

보고픔에 살며시
떠오르는 얼굴 있어

밤마다 당신 향해
뿌리를 뻗어요.

은행나무 4

당신이 그리워도
조금도 다가갈 수 없네요

하지만 당신이
아무리 멀리 있어도

난 느낄 수 있어요
당신의 향기를

난 볼 수 있어요
당신의 빛을

그 향기와 빛으로
매일 꿈을 빚지요

그 꿈만으로도
나는 천년을 살아요.

은행나무 5

노란 당신은
가을보다 더 눈부시네요

우린 바라만 봐도 행복했고
마주 서기만 해도 설레었죠

향기만으로 꽃피웠고
그리움만으로 열매 맺었죠

그런 사랑이었기에
이렇게 마주 보며

같은 빛으로
물들어 가는 거겠죠.

은행나무는 신비하다. 오억만 년 전 화석과 지금의 모습이 같다. 이것은 완전함과 영원함을 뜻한다.

호수

뛰놀던 바람도
네 품에선 잠이 들고

까만 어둠도
네 안에선 그윽해지네

빗줄기 쏟아져도
동그란 미소만 짓고

햇살 한 조각에
오색 수채화를 그리네

이제 알겠네

나무와 꽃과 새들이 왜
네 곁에 오래 머무는지

물고기들이 왜
네 안에서 꿈꾸는지

달과 별들이 왜
밤마다 내려와 속삭이는지.

오솔길

혼자 걷네
나무마다 눈인사하고
바람에 머리 쓸어 올리며
풀벌레 속삭임에 미소 짓고
하늘 보며 땅 보며
숲처럼 조용히 걷네
키 높은 느티나무에 기대어
잎사귀처럼 많은 추억 떠올려 보고
풀숲에 바위처럼 앉아
묵상에 잠겨도 보고
새처럼 휘파람도 불어보고
다람쥐처럼 뛰어도 보고

한없이 뻗은 길이길 바라며
끝남이 아쉬워 되돌아 걷고
매일 와도 좋음에 신기해하며
오늘도 걷네
당신을 걷네.

그대는 나의 오솔길.

마음 1

몸이 잠을 부르듯
마음은 사랑을 부르네

쑤시고 아픈 것들
깊이 자고 나면 사라지듯

외롭고 허전한 것들
사랑으로 밝아지네

몸이 잠으로 편해지듯
마음은 사랑으로 환해지네

잠에 빠지세
사랑에 빠지세

곱게 환하게
설레며 두근대며

이 밤이 다 가도록
이 생이 다 가도록.

고향

아랫목 시린 손처럼
그대 깊이 내가 있네

뒤뜰 유자 속처럼
빨갛게 내가 익네

처마 밑 제비처럼
둥지를 트네

자나 깨나
눈앞에 펼쳐져 있고

뒷동산에 오른 듯
마냥 뛰놀고 싶은

그대는 고향
죽어서도 머리 향하는.

낙원

낙원에 대해
알고 있나요

추위도 더위도 없고
봄만 있다고요

아픔도
슬픔도 없다고요

꽃과 이야기하고
구름을 탄다고요

그런 곳은 없다고요
아주 멀리 있다고요

알려드릴게요
낙원은
사랑하는 사람 옆이에요.

들꽃

멀리서는
안 보여요

스치듯이는
볼 수 없어요

조금 더 다가가
두 눈 가득 담아 봐요

그럼
보일 거예요

별빛이
머물다간 자리가

나비가
남기고 간 향기가.

들꽃을 찾는가. 당신 곁에 있다.

포도

하얀 종이에 곱게 싼
포도 한 송이 받았네

먹기 아쉬워
예쁜 접시에 담아 놓았더니

밤이면 파랗게
내 방을 밝혀주네

두 손으로 감싸니
칠월의 온기도 느껴지네

가만 귀 기울이니
조랑조랑 속삭임도 들려오네

내 머리 희끗희끗해질 때쯤이면
알알이 보석 되겠네.

편지를 받았다. 하얀 종이에 까만 글씨가 탐스러운 포도알 같았다.

넝쿨

나면서부터
누군가를 보듬지 않으면

일어설 수조차 없는
가녀린 생명

어떻게 알았을까
온몸으로 사랑하는 법은

시드는 사랑도 많은데
매일 자라는 네 사랑은

계절도 비껴 가는
한 줄기 푸른 정열.

코스모스

바람이 맴도네
쓰다듬고 어루만지며
산들대다
잠이 들었네

꽃은
자기도 모르게 지네
자기도 모르게
연분홍 물이 들었듯이

먼 갈대밭
풀숲 그 자리
파란 하늘 높이
코스모스를 부르네

바람이 맴도네
가을이 하늘거리네.

산구절초

봄날에 앞다투어 피지 않고
들판에 무리 지어 피지 않고
산기슭 바위 옆에 홀로 핀 꽃
새하얀 꽃잎에 노란 꽃술은
그리움 피어나는
열여섯 소녀인데
아홉 마디마디엔 무슨 사연 있어
낙엽과 고독을 찾았을까
네가 피면 가을이 오고
네가 지면 가을이 간다는데
너로부터 시작된 사랑
너 떠날 때
가을처럼 데려가 주었으면.

억새

한 자락 바람에
가슴이 설레고

한 줌 햇살에도
온몸이 뜨겁습니다

이슬 한 방울에
발끝까지 젖고

달빛 한 조각에
뼛속까지 환합니다

스치듯 머물렀던
한 줄기 사랑이었지만

그 기쁨으로
은빛 세월을 삽니다.

큰 것은 없다. 내가 작아져야 한다.

달

외로울 땐
나를 봐요

빛으로 씻어주고
빛으로 채워드리죠

빛으로 다가가
빛으로 물들게요

빛으로 머물다
빛으로 떠나갈게요

그리울 땐
나를 봐요

나를 보는
그대도 빛이니까요.

항아리

빈 가슴 채워주시고
향기롭게 사는 지혜 일러주신 당신

이제 쓴 이별을 주시더라도
곱게 삭힐 수 있을 것 같아요

내게 발은 필요치 않아요
당신이 정해준 이 자리보다
더 편안한 곳은 없을 테니까요

다만 손이 있으면 참 좋겠어요
나 홀로 뚜껑 여닫아
당신 수고로움 덜어 드리고

밤마다 당신 향해
두 손 모으고 싶은 까닭입니다.

제4부

겨울

비상구

쓸쓸한 얼굴로
나를 열곤 했지요
반짝이는 유리 대신
묵직한 철판이었는데
칠은 벗겨져 먼지 앉은 손잡이를
힘없이 잡아당겨
내 안을 지나가곤 했지요

하루 종일 때론 며칠씩
아무도 보지 못하고
외로움에 덜컹이며 서 있었는데
당신만이 가끔 내 안을 지나
난간에 기대어 서서
하늘을 보다 들어가곤 했지요
참 행복했던 순간들이었죠

그런데 요즘은 당신이 안 보이네요
그래도 슬픔보다는 기쁨이 더 커요
이젠 쓸쓸하지 않나 보다
많이 밝아져서
하늘을 안 봐도 되나 보다

하지만 언젠가 한 번쯤은
추억처럼 내 안을 지나는
꿈을 꾸곤 해요
아시죠, 늘 닫혀 있지만
빗장은 지르지 않는다는 걸.

진주

차마 보낼 수 없는
사랑을 떠나보내고

밤마다 삭힌 눈물이
가슴에 고여

보고파도 볼 수 없는
그리움에 망울지고

지난날 추억들로
물이 들다

어찌할 수 없는
절망으로 굳어져 버렸네.

시간

당신은 하루라는 이름으로
해를 거두어 가고

계절이라는 이름으로
가을을 거두어 갑니다

해를 거두어 가면서
노을을 선사하고

가을을 거두어 가면서
단풍을 보내셨습니다

사랑이 떠나가는 것도
당신 뜻인가요

그럼 사랑을 거두어 가면서
무엇으로 나를 달래었나요.

시

내가 쓴 시를
기억하지 못할 때

나는 사랑했던 사람이
희미해질 때처럼 씁쓸하다

내가 쓴 시도 외우지 못하는데
누가 나의 시를 기억해줄까

나도 외우지 못하는
그 시는 누군가의 입가를 맴돌다

내게서 지워져 가고 있는
그 사랑처럼 사라지겠지

그러면 나도
내 시처럼 내 사랑처럼

누군가의 가슴에
잠시 머물다가 사라지겠지.

나무

나는 알지

네가 매년 이맘때면
왜 붉게 물드는지

나는 알지
바람이 불 때마다

왜 그 잎새들 하나 둘
띄워 보내는지

마침내 그 잎새들
다 보내고 나면

왜 긴 시간을
앙상한 가지로 서 있는지

나는 알지.

외로움

잘 웃는 사람을 보면
왠지 서글프다

어둠에서 빛이 흐르듯이
슬픔 안에 기쁨이 있기에

그러니 많이 웃는 사람은
눈물이 많은 사람이고

고요한 사람은
그만큼 괴로웠던 사람이고

사랑이 깊은 사람은
외로움도 깊은 사람이기에.

밤에

멀리 떨어진 것은
빛으로 다가오지

우릴 힘들게 하는 여기도
멀리서 보면 빛일 거야

어두워지면
빛으로 다가오지

차창 밖 가로수처럼
지나친 이야기들
아픔으로 외면했던 얼굴들도

밤에 별을 바라보듯이
어두울 땐 너를 들여다봐

네 안의 빛들을 따라가면
어느새 아침이겠지.

등대

섬에 홀로 선 마음을
오가는 배들은 알까

너희들 고동 소리 울리며 물살 가를 때
내 외로운 손짓 보기나 했을까

가끔 날아와 둥지 틀던 물새들도 잠시뿐
훠~이 훠~이 무거운 가슴 헤집어 놓고

파도는 철썩철썩 길을 막아
지친 다리로 하루해 보내고 나면

그리움은
나도 몰래 등불로 켜지고

해 질 녘 항구로 질주하는 배처럼
나도 그대 품으로 달려가고파

어둠 속 긴 목 내밀고
온밤을 깜박인다.

추억

세월이 흘러도
그대와 난
언제나 그 자리

때론 강가에 서 있네
우리 보랏빛 붓꽃으로 마주 볼 때
푸른 강물은 뭉게구름 그리고 있었지

때론 오솔길을 건네
숲속은 11월
나뭇잎마다 시가 쓰여 있었지

때론 바닷가 노을
갈매기들 줄지어 날다
그대로 화석이 되는

때론 눈 내리는 찻집
우린 오래 바라보았지
창밖은 관심이 없었지.

별 1

삶이 가장 아름다울 때를
그리움이라 하지요

숲이 가장 아름다울 때를
가을이라 하지요

하늘이 가장 아름다울 때를
노을이라 하지요

아름다움은
왜 그토록 빨리 지나요

아름다움 뒤엔
왜 어둠이 오나요

슬프지만은 않아요
어둠 속엔 별이 있잖아요.

별 2

소리쳐 부르지 않을게요
찾아 헤매지도 않을게요

부른다고 응답하지 않겠지요
찾아도 보이지 않겠지요

빨리 저녁이
오기만을 기다리겠어요

그럼 어디선가 나타나겠죠
반짝이며 달려오겠죠

그때까지 터져 나오는
눈물 삼키고 있을게요.

마음 2

누군가가 당신을
아프게 할 때
슬픔으로 눈앞이 흐려온다면
당신의 마음은 아직
그 사람을 향해 있는 것입니다

하지만 얼굴이 붉어지고
숨이 거칠어진다면
당신의 마음은
이미 그 사람을 떠나 있는 것입니다

그것은
마치 궤도를 벗어난 우주선처럼
다시는 그 사람에게
돌아갈 수 없음을 뜻하는 것입니다.

철길

언제부턴가 나는
두 줄로 시를 쓰네

그대와 내가 나눈
긴 속삭임처럼

그대와 나의
끝없는 사랑처럼

한 줄은 그대
한 줄은 나

두 줄로 시작해서
두 줄로 이어지는

추억의 열차가
그 위를 달리고

정거장이 그리움
불 밝히고 서 있는

어두운 터널에서도
광활한 벌판에서도

나의 노래는 언제까지나
두 줄로 이어지리.

작별

당신과 나 사이에
시가 없을 때
나는 떠나렵니다

떠나는 것은 슬프지만
떠나야 할 때 머무르는 것은
더욱 슬프니까요

당신은 혹시 너무 빠르다고
여길지 모르겠어요
하지만 지나고 보면
알게 될 겁니다

시가 없을 때
떠나는 것이
가장 아름다운 작별의 시간임을.

이별 1

밤이 천천히 오듯이
이별도 그렇게 하세요

갑자기 어두워지면
눈앞이 캄캄해지듯이

갑자기 헤어지면
가슴이 캄캄해지죠

눈앞이 안 보여도
답답하고 무서운데

가슴이 캄캄해지면
얼마나 괴로울까요

노을 지고 땅거미 지고
달이 뜨고 별이 뜨다가

마침내
어두운 밤이 오듯이

이별도 그렇게 하세요
사랑했었다면 말예요.

사랑은 꿈이요 희망이요 온 세상이기에……

이별 2

떠나야 한다면
어쩔 수 없지요

하지만 보고플 땐
언제든 돌아오세요

일 년에 한 번
십 년에 한 번

아니 나 살아
단 한 번만이라도

그대
볼 수 있다면

나는 다시 태어난 것처럼
기뻐할 거예요

그대가 떠난 날
난 그대를 묻었으니까요

그대가 떠난 날
나도 그대 곁에 묻혔으니까요.

그 사람은 죽어서 떠났다. 그 외엔 상상할 수 없다.

이별 3

그대 떠나고
내 가슴 무너져 내렸네

슬플 줄 알았지만
이렇게 아득할 줄이야

괴로울 줄 알았지만
이렇게 깎아지를 줄이야

그대 보내고
내 가슴 낭떠러지 되었네.

목숨

눈물이 눈에서
흐르지 않듯이

우리는 눈으로
강물을 보지 않는다

그대와 내가
손잡고 있지만

내가 잡은 것이
그대 손이 아니듯이

우리가 살아가는 것 또한
목숨 때문이 아니다

눈물이 다만 눈을 지나서
흘러내리듯이

강물이 다만 들을 지나서
흘러가듯이

우리는 다만 목숨을 지나
흐르고 있는 것이다.

연기

활활 태우고 나니
이렇게 새하얀 것을

다 벗어 버리고 나니
이렇게 가벼운 것을

나는 가네
돌아오지 않겠네

다시 홀씨로 흩날리지 않고
꽃으로 만발하지 않겠네

나는 가네
구름과 바람 그보다 더

해와 달과 별
그보다 더 높이 올라

외로움 살지 않고
이별 쫓아오지 못하는 곳

낮과 밤 없어
시간조차 흐르지 않는

그곳에서
내 사랑 가슴에
연기처럼 스미겠네.

닫으면서

사랑은 꽃이다
꽃 중에서 가장
아름답고 향기로운 꽃이다

사랑은 꽃이다
꽃 중에서 가장
소중하고 신비로운 꽃이다

꽃자리엔 열매가 맺고
그 속에는
생명의 노래가 있다.

생명보다 고귀한 것은
세상에 없다

사랑은 우리들
모두가 피워야 할
생명의 꽃이다.